超然 女士清藏

徐小善

2010.6.12.

徐谷菴書畫作品輯（上）

桃源 徐杏庵

介 言

經營花鳥慘澹為心・徐氏創作一新耳目

　　畫始於結繩，三代以前，乃始於陶器，因為陶器是人類的必需品，也是石器時代的進步，古代石器，僅僅用來盛貯食物，只用一塊頑石挖個洞就夠了，沒有用到雕刻，陶器是人工的進化，胚胎是軟的，在牠的印象上面，就先有了「手模」「足印」也就是紋（也就是原始的花紋「雷」文從雷紋的開始變化，而後相到「田紋」因為原始人最初所依賴的，只有吃食，吃食的原始只有五穀，而五穀的原始是從土裡生長出來的）。

　　所以上古的繪畫，只有米麥的雛形，由來發生到鳥類的雛形，所以千字文裡有一句「鳥官人皇」，就是說古代以鳥紀官，由「官」而推想到人物，所以畫的開始是花卉，由花鳥進化到人物，已經是三代了。但真正的人物卻要到商周秦漢以後，佛門發揚了他的變化，晉唐兩代造極其致而花鳥又變了；人物畫的附庸，而六朝人，畫人佛像仍以花鳥為正宗，如孝山堂的舟輿法器、達摩渡江的海濤蘆葦、觀音大士如三十六參蓮花化身、蒲牢海月沒有一筆不從花鳥人物參悟變化出來，而在這個時代，山水畫還僅在萌芽呢。（如宗少文的臥游圖、展子虔的仕女嬉春），人物大於山水，幼稚得可憐，所以唐宋人的山水，比魏晉人的人物花鳥，簡直後了千百年。又如我們求六朝的千金冊，沒有一幅不是花鳥，而間有一頁山水僅都是兩宋人的遺作，所以我們要求真正的花鳥畫，必從徐、黃、趙昌、藤昌佑入手，宋徽宗僅是一塊封門磚，工力有餘，元氣不足了，徐子谷菴經營花鳥慘澹為心，決不旁騖，今將以其數十年心得問之於世，而亦問序於我，故為之緣起如上。

古杭逸史　藝文泰斗　　　陳定山

寫意寫神韻・畫中有詩情

　　藝術是表現美的，但藝術之美不是美於現實的寫照，而是美於現實的距離。因此藝術家們對於美的追求，則越來越遠於現實，從古典的寫實迄現代的抽象，我們可以體味出藝術家們靈感的路向。我不知西方的畫家在這方面的尋求是否走過了頭，但是中國的畫家，很早就已瞭解了抽象的意義，所謂寫意畫，就具有抽象的「中庸」之道，幾團墨水一兩筆勾劃，就是一隻小雞，嚴格的說，它自然不比寫實畫更像一隻小雞，但是一隻小雞稚嫩的神韻，則可從粗粗的幾筆中勾劃出來。

　　畫家徐國菴不久前在中山堂舉行了一次畫展，他的寫意畫就得到了很高的評價。徐國菴又號署心畫齋主人，在二十年前即從事繪畫擅長花卉魚鳥。但那時他的畫幾乎每一幅都題有詩，二十年後我再觀賞他的畫發現他的畫不再用詩來點題，但畫中詩意，則映然紙上。除了花卉魚鳥之外，往往也選擇到廚下之物，如蔬菜、肉魚、秤、老鼠等等，使人對瑣碎的生活感到簡樸美感。他除了在意境上的超越，在技術上也大大的跨進了一步，這一位默默地埋首在筆硯色彩之間的藝術工作者，畢竟尋到了他靈感的瑰寶。

　　筆者最欣賞的他一幅旱煙袋和蒲笠的寫意，四十歲以上的人，大都還能緬懷到往日老農夫的代表物件，正是旱煙袋和蒲笠。蒲笠是下田工作時遮陽用的而旱煙袋正象徵著農忙之後，豆棚瓜架之下的悠閒這樣簡單的兩個物件是中國幾千年來日出而作日入而息的農家精神。徐谷菴的畫，成功的是他筆調的拙樸，希望他今後多運用這種拙樸，其成就是不可想像的。他所展出的花卉，有的就失於明艷，也許由於題材的不同，難免不能兩全，無論如何，他的畫能夠在國內外都受到重視，自不是偶然的！

中時報副刊主編　　陸珍年

花鳥樹石見真情　揮灑自如韻豐采

　　昔錢舜舉所謂士大夫畫者，乃士大夫寄情毫素，樂志琴書，自託於畫，以寫其胸懷高尚之志也。友人徐君谷菴，吾湘俊彥，有磊落不羈之才，慷慨軒昂之氣，砥節勵行，直道正辭，方其綺歲，負羽從軍，馳馳戰陣，著有勳勞，戎馬之中不廢臨池。解甲後，專攻花鳥畫，孜孜矻矻，以物象為師，以生機為運，一花一萼，諦視而熟察之，得之於心，寓之於神，如是意氣馳騖，揮灑自如，韻致豐采，自然生動。鄒小山論花鳥畫有兩字訣：曰「活」，曰「脫」，活者生動也，用意用筆用色，一一生動；脫者，筆筆醒透，則畫與紙絹離，花如欲語，禽如欲飛，石必崚嶒，樹必挺拔，觀者但見花鳥樹石，而不見紙絹，斯真脫矣，斯真畫矣！吾觀谷菴之畫俱得之矣。若非厚植於內，安能閎充於外哉？倘質諸黃徐於地下，必謂吾言之非過也。

名書畫家　詩人　蕭一葦

情態生動　風格清新　一大家

　　晚近花鳥畫家，多受清季浙派影響，民初嶺南畫派出，用筆蒼潤，時就飛白處敷色，風格獨特，其影響力亦僅及於華南。惟安吉吳缶翁上承青藤、白陽、八大、復堂之遺緒，以篆籀之筆意入畫，一變柔媚之積習。後之學者，多宗其法，王一亭、齊白石、陳師曾。復光大門庭，潑墨寫意花卉乃見重於天下。

　　道友徐谷菴兄，早歲就讀於南京美專，盡得南中畫壇前輩水墨運用之妙，兼習浙派與吳氏花鳥之長，又復考參嶺南流風，與時賢新貌。由寫生至於寫意，先後埋頭苦練者達四十年。以此無論花卉、草蟲、禽鳥、走獸、水族，俱能以簡潔之筆法，表出生動之情態，風格清新，面貌自具，不泥於一家一派！

　　徐氏原名國庵，湖南桃源人。於役軍中有年，八年前退役。於作畫外，兼攻畫理，著有「國畫源流」、「清代院畫」、「國畫六法」等。宋人鄧椿之：「其為人也無文，雖有曉畫者寡矣」。徐氏能文，於畫道之研究，自有助益。茲值其應台北市黎明畫廊之邀，舉行個展，謹述所知，聊當引介。

藝壇發行人　藝評名家　姚夢谷

先生畫展百卉紛呈

　　谷庵社長緒承鉉鍇氣稟衡湘小隱桃源謝人間之雞犬遠游蓬嶠狎海上之蛟鼉戎軒雖頻歲為勞畫境則與時俱進勤拈寸管淨洗纖塵水木表其清華煙嵐供其吐納而一枝一葉不減不增一飛一鳴維妙維肖要以花鳥之作為尤工焉三十年來足跡半天下聲名遍國中精寫齊紈貴騰洛紙素壁爭懸紅紫何止千幀殊方遠購丹青直道九譯今歲（民國七十年）元月二十七日至二月二日將假臺北市省立博物館舉行近作展覽一堂集列百卉紛呈如過第五之橋如入眾香之國依稀有物奮躍其間莫不趯，乎皁蚪栩，然胡蝶之蓋神與古會意在筆先窮峥嶸之物態現活潑之天機有我無我似真非真又烏知就為戴嵩之牛韓幹之馬孰為徂徠之松渭川之竹耶擢秀於群陳觀在邇謂予不信期子能來

考試委員　文學家　成惕軒

返璞歸真自然美　生機潛發圖畫中

　　國畫家桃源徐谷庵君，將展其近作，公之同好。谷庵之畫，專攻寫意花鳥，水墨淡采，涉筆成趣，享譽藝壇。考我國花鳥畫在唐以前，為圖人物者之附麗。自五代黃徐並起，風靡一時，此體遂別樹一幟，由附庸蔚為大國，然未脫工麗之習也。至元代有王若水，首創墨繪花鳥。明季陳白陽徐青藤運用水墨寫意，洗盡塵俗。迨清代則有石濤、八大、李鱓、鄭燮輩，益暢厥旨，播為聲氣。轉視工麗派，大有後來居上之勢。夫畫道之中，水墨為上，六法之藝，氣韻難工，昔賢言之詳矣。而清人沈宗騫論畫，力戒五俗。五俗者，片白片墨，無筆墨之趣，曰韻俗。筆意室滯，墨氣昏暗，曰氣俗。狃于俗師，不諳古法，燥筆如弸，呆筆如刷，妄生圭角，故作狂態，曰筆俗。舍風雅古蹟，惟詼頌繁華以阿世好，曰圖俗。不臨古蹟，鮮有創意，平舖直敘，千篇一律，曰格俗。以上五者，蓋泛論畫藝，傷時弊，而思有以矯之。余於花鳥畫，願更進一解：忸怩作態，穠豔滿紙，如村姑塗丹傅粉，是謂韻俗。象物模形，務求逼肖，遺神取貌，是謂氣俗。規行矩步，色濡墨滯，興味索然，是謂筆俗。填塞盈幅，畫無主賓，但取炫目，是謂圖俗。棄陽春白雪，習下里巴謳，一花一葉，一羽一爪，惟趨時尚，是謂格俗。余觀谷庵之作，庶能力矯諸俗。所謂屏絕鉛華，返璞歸真，得自然之美，其韻清。草草數筆，獨運匠心，其氣逸。意在絃外，傳神阿堵，今觀者會心一笑，其筆趣。經營位置，疏密有度，而生機潛發乎中，其圖雅。不以紅綠牡丹、鳳凰孔雀之屬取媚世賞，其格尤彌高也。谷庵別署心畫齋主人，意謂外師造化，中得心源。蓋取石濤畫從於心之義，可知其意嚮所在。明末髡殘上人，生於沅江之濱，其畫不經師援，師法自然，悉由自悟，山水為一代巨匠。君於上人為鄉後進，此後藝日進而名日高，其以花鳥分上人之席而後光輝映乎？跂余望之。

考試委員　文學家　曾霄虹

筆墨傳神不拘泥・撰述畫論貢獻多

　　谷庵先生於三十年前，即活躍於畫壇，因而相識。又曾置畫室設教席於師大路附近，遂成鄰居之畫友。去年中秋結伴同往絲路寫生旅行，先抵新疆，遊天山、天池勝景，再探訪吐魯番、烏魯木齊、嘉峪關、敦煌、蘭州、西安等古蹟。

　　遊途之中，先生甚健談，論及繪事深有見地，為同行畫友所推崇。凡遇景物佳妙處，皆振筆寫生不輟、筆墨簡鍊超逸，留下名勝佳作甚多。記得遊蘭州白塔山，該地貴賓至之服務小姐見來訪者係墨客，遂備筆紙墨硯邀請揮毫，以留遊蹤。先生即席握斗筆寫「白塔山」橫披乙張，行筆宕逸奔放，氣勢不凡，足見其書法亦屬一絕，不僅僅於繪畫。

　　先生原名國庵，湖南桃源人。早歲就讀南京美術專科學校，南京為文化古都，亦是畫家薈聚之地，此處近鄰蘇杭與上海，故浙、吳、海上諸派皆成其繪事之淵源，其中吳缶翁之影響尤深。畢業後服務軍旅，擔任文宣工作二十餘年，得暇即讀研書畫，尤勤於寫生。固寫生能體悟大自然之奧妙，並能融匯消化古人之長，進而開創獨立之蹊徑。從其幾十年來國內外之個展、聯展，逐漸奠定自己之風格與地位。

　　先生於畫特擅花卉、飛禽、草蟲，亦妙於山水，俱以簡潔之筆墨，表現生動之情態，而袖韻清逸，不泥於某宗派。論者謂其作品，守法於規矩之中，傳神於筆墨之外，洵非虛語。除繪事之創作外，尚攻研畫論，著有「國畫源流」、「清代院畫」、「國畫六法」。曾任「書畫家」雜誌社長多年，屢有花鳥畫史、畫論之撰述，及畫法之介紹。又擔任中國美術協會理事長有年，對美術界貢獻良多。

　　茲應台灣省立美術館之邀，展其近作，並將編印畫集，爰就個人所知，用弁數言，是為序。

師大藝術系教授　林玉山

博學多才胸羅萬卷・中外馳名藝壇生色

吾國唐代以前之繪畫，多以人物為主，迄中唐以後，山水畫漸興起，花鳥畫品漸露頭角。可以說花鳥畫乃萌芽於唐時，發展於五代，到宋時始集大成。

唐時最著名的花鳥畫家，要推邊鸞，「圖畫寶鑑」評曰：「邊氏尤長於花鳥，得動植物之生意，大抵設色極精，如良工之無斧鑿痕。」可知畫花鳥必須多寫生，把活生生的動植物，描繪傳神，才能達到栩栩如生，無斧鑿痕的境界。

吾湘徐谷庵先生衍宋、清之餘緒，蜚聲藝壇，潑墨花卉，為當代著名之花鳥畫家，跡其成功之因素，有可得而言者：其一為師承有自—自幼嗜畫，稍長入南京美術專科學校，以第一名之優異成績畢業，其間得良師益友之傳授切磋，兼具理論與實際之研習，固已早植深厚之基礎，邁向成功之坦途，與時下之半路出家，淺學三五年而成為「畫家」者，不可同日而語矣

其次為視野廣闊，取益多師—徐君早年曾到故宮，臨摹歷代名畫，以工筆入神；旋又遍遊名山大川，窮究古人藝事之精髓；復遊海外，兼習西畫寫生。演中西於一爐，而其藝益進。昔太史公周覽四海名山大川，而其文益壯，疏蕩有奇氣；今觀徐君之畫境，落墨淋漓，超乎萬象，益信其然。其三為文人之畫入手化境—文人之畫與畫師之畫，之所以迴異者，在乎學養氣質之深淺，故其形之於筆墨者，一則為韻味盎然，一則徒有形似。「宣和畫譜」謂「寫竹以淡墨揮掃，整整斜斜，不專於形似，而獨得於象外者，往往不出於畫史，而多出於詞人墨卿之作風。」蓋謂文人之畫也。

徐君博學多才，胸羅萬卷，所著：「國畫源流」、「清代院畫」、「國畫六法」及「中國花鳥畫淺說」等，類皆文字簡潔樸茂，考證精確，理論詳贍，有助於畫境之精妙。觀其作畫，苦練五十餘年，由寫生而寫意，出入古今中外，邃於古而不囿於古，風格清新飄逸，自成機杼，隨意揮灑，各極其妙；誠能出神入化，洒落塵埃，超乎象外者也。謂非文人之畫，得乎？

說者謂吾湘書家較多，而畫家則寥寥可數。第以吾所知，如清季中興名臣彭玉麟之畫梅，長沙文學家周壽昌以名進士兼工繪事，道州何紹基、何維樸以大書家而兼擅丹青；民初長沙栗谷青以書家而工寫竹，張叔平工畫梅，瀏陽黎曉帆工花卉，而以湘潭齊白石為最著。今則有馬元亮之花鳥，（為光奎光亞之封翁，工齊白石派花鳥）曾省齋之畫梅，曾后希之仕女，譚　淑教授之紅梅等。而以桃源徐君谷庵最為得勢，蓋徐君產於桃源仙境，為宋漁父先烈之鄉，長於海軍，壯乘風破浪之志；其得勢一也。年來除傳授高徒外，且與藝術家凌君祖綿，創辦「書畫家」月刊，有精美園地，以安排翰墨，其得二勢也。總茲二勢，益以其天才之大、工力之深，故其作品，自當不脛而走，中外馳名，豈徒為湖湘藝壇生色而已哉？

國立政治大學教授　伏嘉謨

墨彩交融見功力　惟是有才盛於斯

　　台灣水墨畫家中徐谷庵先生，是一位受人尊敬的藝術家。在他的作品中，能將水、墨、彩三者靈活運用作品中，故而能神采飛揚妙趣橫生，先生當年為了藝術，曾行萬里路讀萬卷書，曾作絲路之旅遊寫生。遠涉新疆吐魯番、烏魯木齊、嘉峪關、敦煌、蘭州、西安等地，親往寫生。真可說是遊蹤萬里名不虛傳。古人有云「學問與遊歷，與「行萬里路、讀萬卷書」之言，谷庵先生是實踐履行者。

　　先生在藝術上的成就，勿論水墨畫與彩墨畫，各有其獨到的工夫。全係自發自創，絕不依門傍戶，故能自成一家之法。實為當代藝壇，自能特立獨行的畫家。

　　先生在藝壇上的地位，非常崇高。藝術成就更令人嘆羨。他曾領導中國美術協會與中國國畫學會，實為當今藝壇之領袖人物，雄居藝壇有年，開創了一條廣闊的大道，使後之來者，不致迷失方向。

　　先生因長於寫生，故能遊蹤萬里，又因著意於水墨與彩墨的技法，故能在他的藝術成就上，大放異放，令人稱羨叫絕。先生繪畫造詣，多采多姿，成就非凡、非單是藝壇領袖，更為近代畫人，轟立了典範。

　　先生勿論水墨畫與彩墨畫，在技法上都有卓約的表現，長於花鳥，精於牡丹。此寫生之花鳥，無不詡詡如生。每令觀者拍案叫絕。寫麻雀之聚散飛翔，似有真的群鳥聚散飛翔於目前。這種工力，實來自於觀察入微與勤於寫生之故，雖係隨意點染、卻是聚散有緻，別有生趣。

　　先生領導中國畫學會，與中國美術協會有年，因建樹良多，曾連任理事長多次，對會中應興應革之事建樹良多，均能連年領導藝壇，而且聲名卓著。使後之來者有所遵循。

　　我與先生相交有年，曾是一見如故，卻成為終生友好，對先生之深情隆意，令我永世難忘，關於他的藝術成就與對藝壇之貢獻，有目共睹，人人稱讚之事實。舉凡他主持中國美術協會，與中國國畫學會的貢獻。令人難忘。

　　我因與先生相交有年，交誼深厚，故時相過從。凡事知無不言，言無不盡，彼此推心置腑、合作無間。受益良多，使我永懷不忘。

　　中國花鳥畫，自唐宋興盛以來，雖經歷代諸賢，勤加護持，極力發揚，致花鳥畫、科，在中國美術史中，能大放異彩，光輝照耀千古，歷久彌新。永被世人愛之護之，而能發揚廣大之。並在中國美術史中，占有一席之地、實為難能可貴。

　　花鳥畫所以一直受到世人的喜愛，種之、植之、培養之，愛之、護之觀賞之。致使我國文人畫家、以此為題材，鑄造出更美好的篇章，令人心醉神怡。

　　在中國美術史中，所謂花鳥畫，在畫家筆下，大致可分為三種，一是花卉，二是翎毛（指鳥類），三是將花卉翎毛和而為一，以充實畫的內涵，以吸引觀者更多的目光。藝術家們對花與鳥都有同樣的喜愛。有時為了加強花與鳥的情趣。將兩者分開來畫，更能吸引觀者的目光。

　　中國花鳥畫，在美術史中之地位，非常崇高。是由於它具有強烈的吸引力。這種力量，一是來自畫家強有力的表達能力，與創作慾望，一是花鳥本身所具備的可愛之處，一旦這兩種力量結合在一起，被藝術家捕捉得到。世間偉大的藝術品，便產生了。

　　在徐谷庵先生的花鳥畫中，使我們瞭解到，在水墨或彩墨畫中的花鳥畫，在用筆用彩與用墨的混合變化中，可看出所謂「墨分五彩」的道理來，其實在中國繪畫中，墨與彩以及水的變化與融合，也就是水墨交融的道理，曾見於張大千先生的電視示範短片中。故凡是偉大的畫家，無不是這方面的高手。谷庵先生便是其中之高手，所以在他的作品中，處處可見水墨交融的韻味與效果。

　　一般人看中國水墨畫，首先要求？要具備「氣韻生動」的特質。否則水墨畫，便被視為木板畫了。

　　中國畫以墨為尚，因中國有「墨分五彩」之說，一般人難以體會出其中之道理來，但谷庵先生將「墨分五彩」的道理，充份的表達出來」。走筆至此，忽然想起大千先生，曾在他的繪畫示範紀錄短聲中，充份的表達出，他繪畫時用水用墨與用彩的靈活運用之法，令觀者無不叫絕，令畫家人人嘆服。我曾看過大千先生的示範短片，也曾親觀谷庵先生的即席揮灑，都能使我拍案叫絕、終身難忘。

　　憶昔年遊湖南嶽麓書院時，曾見大門上對聯一付書「惟是有才，於斯最盛」四字聯，使我感動不一，念念難忘，今書於此，以作此文之結語。

東海大學藝術系教授 董夢梅

花鳥藝術饗宴　令人回味再三

　　今年五月一個微雨的清晨，我受邀與漫畫學會理事長唐健風先生，也是一位我的熱心學長，共同驅車前往中壢楊梅—徐公谷庵的宅邸；此行搭我們車同行的還有工筆花鳥前輩畫家—董夢梅教授以及徐公的千金于棠小姐。這次楊梅之行是幾天前才獲知的，能有幸親眼觀賞徐公畢生精品佳作的機會，豈能錯失；雖是如此，我心中仍有些忐忑；一則是徐乃國內花鳥界的前輩泰斗，而我只是個從事水墨人物畫的後輩，與之並不熟稔，受邀前去觀畫，已經受寵莫名，尚且還要提供意見，深感當受不起；二來，我自己正忙於準備即將到來的個人畫展，緊鑼密鼓的準備工作，實在很難抽出空來；但這機會難得，怎可輕易放過，所以下定決心，無論如何也要走此一遭，因此成就了這次的機緣。

　　當我們車抵楊梅徐公宅邸，就見到畫家以爽朗豪邁的笑容，與夫人相偕出門熱烈相迎。進了大門到客廳，只見到那是挑高的公寓，大廳裡一股濃郁的書香氣息迎面而來，屋裡牆上盡是古今名人字畫，讓人目不暇給，使我有沐浴在濃郁文人氣息中的心靈享受。一陣愉快寒暄過後，進入正題；徐公希望我們幾位不同年齡層的藝術工作者，對其繪畫藝術給予客觀意見；於是一行人魚貫走向他樓上的畫室。徐公畫室在頂樓，也是挑高的寬敞畫室，逐層地經過了許多迂迴走道，才抵達頂樓畫室之下。抬頭望去，只見上頭的畫室還需爬上一小段陡峭梯級，真是別開生面，甚是有趣；爬上陡直的經特殊設計的樓梯，終於到了頂樓。只見眼前豁然開朗，寬敞的大畫室裡也掛滿了古今名家與徐公的字畫，桌上、地更是上到處堆滿了數不清的畫作，真有如置身寶山之中。

　　當我們開始觀賞一張張徐公這些年來的嘔心瀝血之作時，數千張花鳥畫作一一呈現眼前，見到其藝術上辛勤努力耕耘的成果，始終如一的認真對待每一件畫作，令我對徐公更生欽佩之心。觀其畫作，用筆瀟灑自如、清新利落，構圖自成一格，別出新意；墨韻與色彩的穿插交織，優美而雅逸、明朗而鮮活；觀其書法，更見磊落精湛、筆力萬鈞、氣勢不凡，十足一派大師風範。

　　觀徐公之畫，融會古今，讓人想到，中國畫有著不同於西方藝術創作的精神，如同京劇的表現，著重象徵性的美，舉手投足之間無不寓含深意，那是抽象形式之美，與真正的自然之美是有距離的。在大自然中，我們眼睛所見的山川、花卉、鳥、獸、蟲、魚，甚至人物的形貌，都是活生生的對象，當成為畫作時，絕不是依樣畫葫蘆的抄襲而已，這中間有著極其重要的轉換，那就是將作者主觀感情與客觀事物作有機的結合，進行藝術加工，使創作出既不失其形，又鮮活有神的作品，這才是成功的藝術創作，他的書畫就是如此成功的呈現。

　　徐公喜作條屏式構圖，常見其畫中倒懸之結構，如蕉葉竹枝、或紅梅、或松枝、或疊疊瓜藤從斜上方伸下，或嶙峋怪石由斜側邊向上方聳立，然後配以禽鳥、蟲魚，以「S」形結構或「之」字形構圖，甚或交叉錯落的結體，使畫面顯現出奇險、怪異的視覺驚奇。上、下間的相互呼應，使畫面不斷生出新奇別緻的趣味來。

　　觀其所做木石竹葉，喜用書法中的筆勢，尤其是飛白筆趣的怪石與奇木，誠如元代趙孟頫在「論畫」中所云：「石如飛白木如籀，寫竹還應八法通，…須知書畫本來同」，稱徐公的畫上追古人，誠非虛言。又見他常作的涉禽、飛鳥，雖寥寥數筆，形神兼具，再綴以綠柳垂楊，色彩簡約而神完韻足，觀之生氣勃勃，如在眼前。在「高瞻遠矚」一畫中，回首雄視的蒼鷹，站立在高聳石顛，從褐黃垂葉的隙縫中隱約可見正在驚慌飛逃的麻雀，畫面顯現出的張力，饒富趣味，非常可觀；其所作荷花荷葉，墨韻酣暢淋漓，或蓮蓬高聳、或花葉迎風，各個莖梗勁拔挺立，神氣十足，筆力之雄強，勢不可當；類似的佳作還有許多，實在舉不勝舉。

　　徐公以其聰敏好學的心志，年輕時雖歷經戰亂與遷徙的困頓之苦，仍舊不斷自我惕厲，充實精進，造就了他今天的成就，實足為後輩年輕人奮鬥進取的楷模。

　　當我們一一飽覽過徐公的畫作，已是下午四點多鐘。驅車北返到家之後，雖然感覺人困馬乏，但是這一趟充實飽足的花鳥藝術饗宴，卻讓我不斷的回味再三，猶如天上仙樂陣陣，繞樑三日不絕於耳，我收益太大太多，誠世間一大樂事也，茲斗膽不揣淺陋，為文以記其勝。

澳洲伊迪斯·克文大學藝術博士　沈　禎

亦師亦友亦同鄉‧怡然理順話名師

　　一個最傑出的水墨藝術家—徐谷庵先生我的老師，他的作品創意出幽美的心生靈和獨立的特性，其靈活的筆法與墨色的潤味，充分顯示出「筆精墨妙」的精髓，繼承了中華傳統繪畫的特質和風貌，畫境雋逸，韻味盎然，帶給我無盡的思索和啟發，值得我學習和讚頌，幸得為學生的驕傲和愛戴。

　　徐大師出生於湖南桃源乃三湘大地「人傑地靈」「惟楚有才」武陵風景勝地，他幼讀詩書，天賦藝才，最喜翰墨，七歲即塗鴉作畫，是鄉黨鄰里一顆璀璨明珠，弱冠以最優成績畢業於南京美術專科學校，廿二歲就在湖南省鄉縣社教館舉行第一次處女展而揚名全縣，以後因戰亂隨軍來台，服務海軍，從事藝文工作，退伍後專事精研水墨藝術，做一個專業畫家，服務社會。

　　生活需要藝術點綴，藝術必須在生活中提煉，老師專精寫意花鳥，有其特獨的創意和技巧，雖寥寥數筆即栩栩如生盛氣蓬勃，令人有豪邁、超軼、挺拔、簡潔、空靈和難以言傳的自然生態與祥和自在的美感，其功力雄厚堅實，幾至神乎其技，進入化境，真乃守法於規矩之中，傳神於筆墨之外，不失民族本來面目，創立自我風範；大師優遊世界名山大川，放眼天下，胸懷萬象，深覺行萬里路勝過讀萬卷書，不但可擴大感官視野，更可增廣心靈與思維的敏捷。

　　大師的創作已到藝術高峰，不為宗派所拘，亦不為正統所圍，勇敢堅毅是自己藝術之路，他的水墨大作「紅花墨葉」雅俗共賞，濃淡乾濕，渾然天成，那是從古典文化傳統中由成功的先賢裡汲取菁華「師于古而不泥于古」「畫吾自畫自合古」的質樸情懷，為藝壇所推崇。

　　清沈宗騫論六彩的運用說：「淡處如薄霧依微，焦處如雙目炯秀，乾處有隱顯不常之奇，濕度有濃翠欲滴之潤，明為秋水，澤如春山，灼如晨花，秀如芳草，歲已久而常濕，素欲敗而彌新，變化無窮，作者固因之而靡盡，光華莫掩，鑒者亦味之而愈長是謂墨花者也」；老師的水墨作品，充分表現出「淡處如薄霧依微，焦處如雙目炯秀，乾處有隱顯不常之奇，濕處有濃翠欲滴之潤」質感，其對筆畫之運用已隨心所欲，筆到天成，他的簡筆小雀，是從觀察中描繪其動靜，進而揣摩其自然生態，創造出水墨氣韻動感，用筆活潑空靈，無論飛翔跳躍，正側俯仰變化無窮，兼具豐富深邃的生命活力；齊白石說：「作畫妙在似與不似之間，太似為媚俗，不似為欺世」，是乃靈心慧性之極盡情意也。

　　老師兼精書法，行筆岩逸，蒼勁雄強，穩健老辣，氣勢超然飄逸，筆筆見其靈性而虛懷若谷，字字筆勢磅礴而含蓄渾厚，趨勢優雅，揮運自如。

　　古話說：「一日為師終身為父」，在今日師生情誼日益暮落之秋，惟我乃心懷對老師的崇敬與仰慕，乃源於內心的感受與崇拜和尊師重道的禮遇所激發，老師常說：「我們是師生、是朋友、也是同鄉」，讓我受寵若驚，感愧兼集，而惶恐萬分，因此我只有格外努力，孜孜不倦，鍥而不捨，心領神會，心摹手動，辛勤耕耘，如何剔除迍邅不進的愚笨，如何捕捉景物的神韻是我今後努力學習砥礪的方向和期許的目標，以毋負吾師之厚望也。

老學徒　袁定中謹識

我的父親──書畫成痴‧愛家愛子

我的父親徐谷菴先生，原名國菴、排行名盛均、字圭、號君壽、別署心畫齋、掃葉樓居士、三潭書屋、墨樵草堂、梅溪書屋主。西元一九二六年出生於山川秀麗、屋舍儼然、良田美地、雞犬相聞之湖南省桃源縣。家風淳樸，書香門第。兄長一人，妹妹三人，我父排行第二。記得父親說：堂兄杏安才學過人。飽讀詩書還曾是北大法律系高材生。

父親自幼喜愛塗鴉，喜愛音樂，常常哼哼唱唱的。對於國樂如笛子、簫、南胡等也是有極高的興趣，得閒時偶有吹奏一二曲自娛。父親讀小學時因為十分聰穎，藝文表現非凡，獲得老師們的讚賞，選為學校自治會文宣股長。舉凡標語、大字報、抗日漫畫等，均張貼於縣內熱鬧街道上。

年二十二歲以優異成績第一名畢業於南京美專，在學時期，能夠奠定其深厚的美學繪畫根基，跟其自然的環境和天份有很大的關係，父親說：在美專時常常出外寫生與農村大自然的山川水湄為伍；一出去就是四至五天，不斷地觀察、寫生，走遍山川大澤及樸實農莊，大自然的生態晾物不斷的刺激自己的靈思巧構，父親說美專的學員每次出去都是四～五人小組，沿途觀察生態景物，不停的寫生繪畫，夜宿民宅深院，回校後就將作品展覽評鑑。父親說他所帶的組（父親是小組長）幾乎都是第一名，數年下來皆是如此。這是他引以為傲的事，因為父親說「萬丈高樓從地起」，在真實的生態寫生功夫上紮下良好的基礎，將來才會有活潑生動的作品出現─這是父親在指導我作畫時提起的一段往事。

畢業回鄉，敬遵祖母之命迎娶表姊劉春香女士（民初大家族仍保留此習，由家族中最長者指派婚嫁）。隔年一九四九年執教桃源縣中，此時，因大陸動亂，投筆從戎，隨部隊轉戰鄂、湘、桂、粵至越南。父親雖任軍職並未放棄繪畫，營中經常舉辦藝文活動，常得獎項。有一次黃杰將軍還派人來找父親畫了一幅山水贈與當時法國駐越──戴高樂將軍。

一九五三年父親隨軍來台，服務於高雄海軍總部，擔任文宣一職，其間曾獲多項榮譽：全國文藝獎、全國美展獎、國軍文藝金像獎，推展社教貢獻獎等。尤其獲得在台前輩大師陳定山、馬紹文、黃君璧、鄭曼青、劉延濤、林玉山等推崇，對父親的才華縱橫、用筆靈活、墨色變化可濃可淡、可燥可濕，如風捲殘雲一氣而就。由其用正腕時中直不露鋒芒，用反腕時軟斜而見姿致，操縱隨勢渾合自然。從簡單寥寥幾筆，給人以豪放輕快，舒暢生趣盎然的感覺，由重筆、墨、水、三者之運用，得法適宜，可貴而又可難。

藝評家姚夢谷先生說：徐先生的作品中，可見到深厚寫生基礎，之所以能在大寫意時，出入古今中外，邃於古而圍於古，風格清新飄逸，自成機杼，隨意揮灑各極奇妙，誠能出神入化，超乎象外。藝文泰斗陳定山先生對父親的人與畫，更加深刻，兩人亦師亦友之關係，在題畫中一詩可見──畫風饒二石，漫筆比齊吳，地美桃源縣，人誇城北徐，生機及花鳥，秋意人荷葉，我欲題春水，江青不敢書。

父親幾十年來致力鑽研中國繪畫，廢寢忘食，畫論發有「國畫源流」、「清代畫院」、「國畫六法」、「中國花鳥畫淺說」等文於各報章雜誌。作品發表於國內外聯展出一百餘次之多，個展於國內外三十餘次，著有畫集六冊。受聘擔任全國金像獎、全省美展、三軍美展評審委員，亞細亞美展顧問。曾任中國美術協會理事長、中國國畫學會理事長、兩岸藝文交流會顧問兼決審、藝術教育館講座主講、中國文藝協會美術委員副主任委員。任教國立台灣藝術教育館、藝術研習班，黎明美術中心、中國美術研究中心等多處。入編國際美術名鑑、日本美術名典、世界名人錄、中國美術名人錄、日本國藝會等。

父親有一次應日本仙台教育家藤田博先生之邀請前往展覽，不但十分成功轟動，日本著名美術藝評家宮城正俊甚至評論：「特有天賦，能將萬物形象捕捉表現入微，用寫實方法與極情盡致的誇張藻飾手法結合為一，也就是中國人說的寫生、寫真與寫意的統一完美的表現了」。

當父親任職中國美術協會第八任理事長時，亦創辦了「書畫家」雜誌擔任社長。這其間因藝文與國際交流經常訪問世界各地，一九八二年應韓中文化教育基金會董事長金俊喆博士邀請與陳定山先生於漢城會館展出，受到韓國各大學校長及藝文界人士一致好評，作品銷售一空，將全部金額捐贈韓國文教基金會。

一九九○年太平洋文化基金會主辦蘇聯、東歐文化訪問團行程包括莫斯科、波蘭、東德、捷克、匈牙利、奧地利、南斯拉夫等國。同行的有名作家郭嗣汾、應未遲、韓濤。名詩人莫洛夫、向明、丹霏、上官予、蓉子。台大教授張麟徵女士暨兩位資深外交官丁慰慈、黃秀日等人。歐洲國家還有比利時、丹麥、芬蘭、法國、西德、希臘、梵帝岡、愛爾蘭、義大利、荷蘭、挪威、葡萄牙、西班牙、瑞典、瑞士、英國。美洲方面有哥倫比亞、哥斯大黎加、尼加拉瓜。美國有兩個月的訪問展覽，走遍各州文化重鎮。亞洲地區還有澳大利亞、印度、印尼、馬來亞、紐西蘭、菲律賓、新加坡、泰國等。中國大陸開放後，每年約有一兩次帶領學生們走訪寫生，足跡北至蒙古、南達廣西壯族自治區、西到新疆、東延伸長白山，遍佈各省古蹟、文化、風景之地。

每每聽父親說：繪畫創作有幾個基本條件，一、多寫生多旅遊二、多讀帖多臨摹三、研討老莊學說，多看前

人畫論及詩詞，以上幾點能做到，在創作上定有收穫。技巧方面加強筆墨水的運用適當，例如:筆落紙時要使墨色達到奇妙的變化卻又文風不亂，使筆「秀處如金」、「勁處如鐵」，隨管而出入，信之自然，將濃墨點下幾筆，完成深厚部分，再求淡彩。將筆慢慢地放在水盂裡，隨即又輕輕地從水盂裡拖了出來，在調色盤中去掉「浮水」，提筆畫下，能使淡墨的線條發揮得淋漓盡致，美不勝收。父親說這就是我用水法的奧秘所在。

父親的畫境雋逸，落墨淋漓，進入化境，韻味盎然，有詞人墨卿之作風。然而書法亦不容小覷，在一次絲路寫生旅行時，結伴同往的前輩大師林玉山教授曾提起：旅遊之中，先生甚健談，論及繪事深有見地，為同行畫友所推崇。記得遊蘭州白塔山，該地貴賓室之服務小姐見來訪者係墨客，遂備筆紙墨硯邀請揮毫，以留遊蹤。先生即席握斗筆寫「白塔山」橫披乙張，行筆宕逸奔放，氣勢不凡，足見其書法亦屬一絕，不僅僅於繪畫。

在畫壇中，父親是眾所公稱的『大俠』，雖然年歲八十，子孫滿堂之老叟了。爽朗的笑聲、高亢的歌聲、開懷的健談，尤其走路爬山的快速步法叫人驚訝！三十歲的年輕人都趕不上，同行爬山旅遊的畫友、朋友、學生們一直以來都叫他「徐大俠」。他們說只要是徐大俠所到之處一定歡樂溫馨滿人間！

在子女眼中，父親嚴肅而不失幽默，性情耿直，不技不求。常以「尊師重道」「勤儉獨立」為家訓。以身作則，身體力行作我們的榜樣。他說只要一心認真學習，行行都會出狀元。父親一生婚姻多乖舛，結褵三次婚姻，第一任妻劉春香女士因戰亂分離於1947年，第二任妻鄭梅女士患重病於1977年逝世，西元1983年父親與桃園楊梅宋孟璇女士結褵，共育有四男二女。

父親對家庭認真負責、對妻子真誠照顧、即使病痛纏身亦不離不棄。我的母親鄭梅女士病魔纏身十多年，父親照顧無微不至，常聽人報哪裡有名醫好藥，就趕緊帶我母親就醫，臉上從無倦怠之意。回過頭來還得繼續照顧四個小蘿蔔頭。曾經爸爸做的便當被我們子女嫌棄而不吃，看見原封未動的便當，父親含著眼淚不服輸的再向村子裡的媽媽們討教烹飪手藝，不曾聽過父親喊苦喊累。母親過世後，仍然繼續父代母職教育我們成人，父親堅忍不拔的毅力，為人做事認真負責的態度，常常想起讓我十分慚愧，我們做不到父親的十分之一啊！

更記得前年（2004年）母親宋孟璇女士因卵巢癌連續動手術兩次，住院一個多月，父親以七十九高齡在病房日以繼夜看護照顧，儘管因勞累血壓高至近兩百，險些病倒也無怨無悔。我一直以為父親是無敵鐵金剛，然而2005年三月初，偶感不適，進榮總檢查始知鐵金剛也有維修的時候。進行長達八小時的「心臟冠狀動脈繞道手術」，以八十高齡身體恢復之迅速，連醫生們都驚訝！

今年四月初，正當大家慶幸父親終於歷險歸來已是否極泰來之時，非常喜悅的為他老人家籌劃慶生事宜。不想此刻，突然自天際劃下一道炬電雷光"轟"的一聲劃破寂靜。震撼我們內心驚慌失措，這是不能讓人接受的事實，父親因感冒意外的檢查出罹患～淋巴癌。老天爺啊！您為什麼又要出這麼艱困的考題呢？心疼父親的我，熱淚不聽指揮的狂飆，我的心靈在無奈的吶喊著！但父親泰然自若的說：「我此生已是非常值得的，也很滿足。一生中在對的時候，作對的事。只有感恩！」這個時候竟然是他老人家在安慰我。讓身為子女的我們既感到慚愧又驕傲！

幾經評估，父親年事已高不適合再動手術，也希望他有一個平安晚年。於是決定採用中醫治療，將病痛減至最低。在母親貼心照顧，細熬湯藥之下。父親喝著中藥、帶著病體、挺著腰桿、心懷感恩的繼續完成他一生最終心願。雖然稱不上是曠世鉅作，卻也是值得流傳後學參考學習的一部心血著作～～谷庵書畫選集。我敬佩愛戴他，並不因為他是一位成功的藝術家，而是一位偉大的父親……老爸！請您多多保重，我們永遠愛您！！提筆至此，最深深感謝的一位幕後大功臣～～母親宋孟璇女士，抱著微恙之軀，默默的陪伴、鼓勵、照顧著父親。至截稿時，父親的治療過程十分順利，正逐次在復原當中，我們全家都虔誠祈願老天爺賜福與父親平安快樂！！

長女　徐于棠

徐谷菴書畫作品輯〈上〉目　次

介言

花鳥

圖　版

花　鳥

雄姿
136cm×69cm
國立台灣美術館典藏

花引晴雀

136cm×69cm

春聲

136cm×69cm

吉利來富

136cm×69cm

桃源真壽徐谷菴寫於山亥年正月初五時年七十

黃金滿園
136cm×69cm

有種有得　　70cm×69cm

風動荷香　84cm×59cm

梅雀爭春

136cm×56cm

桃源灵寿徐公著写画小碧浔扫叶楼

觅
136cm×56cm

雀戲玫瑰
136cm×56cm

相隨

136cm×58cm

藤家大吉
136cm×58cm

待機
136cm×56cm

錦雞

136cm×56cm

雙雄

136cm×58cm

南枝有子殿秋光

136cm×58cm

展望
136cm×69cm

秋聲荷上聽
136cm×59cm

高瞻遠矚
136cm×51cm

四季大吉
136cm×56cm

孤芳

136cm×55cm

草莽英雄

136cm×55cm

園趣
136cm×55cm

蕉映四季紅　138cm×57cm

三喜圖
136cm×59cm

寓春於吉

136cm×55cm

幽香遠更清

136cm×56cm

昂 然

136cm×59cm

榮枯和合

136cm×59cm

偶聽春聲牆外枝

136cm×59cm

老來萬縷足秋思

136cm×57cm

疊疊清趣
136cm×59cm

鷹眺
136cm×57cm

藕花香冷水風清
136cm×59cm

蒲塘秋影

136cm×50cm

司晨
136cm×50cm

枇杷召引雀满林

104cm×51cm

留得殘荷聽雨聲
137cm×50cm

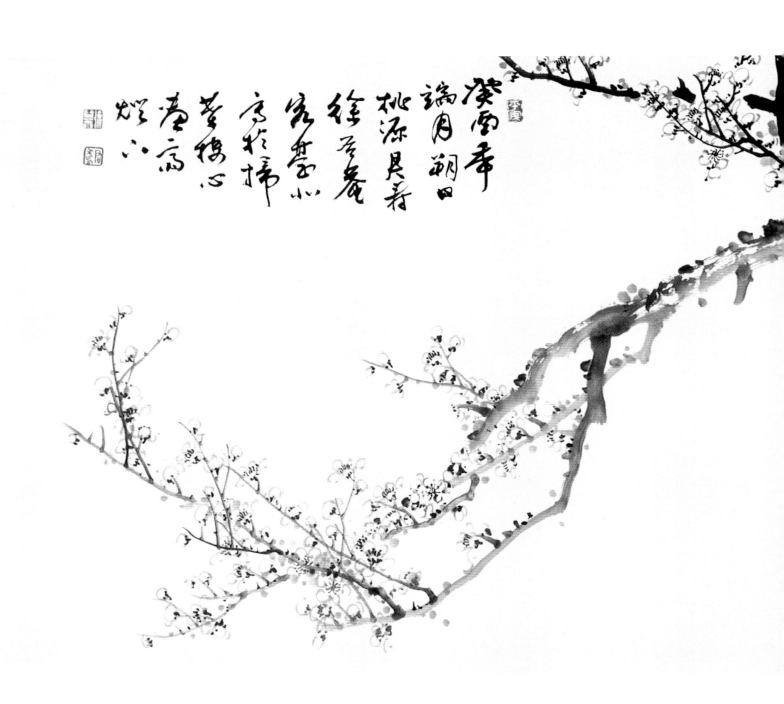

交加取勢　137cm×48cm

富貴早春

137cm×44cm

全家福

136cm×47cm

雀戲銀藤
137cm×41cm

獨步枇杷園
138cm×48cm

野趣

107cm×46cm

融樂秋聲

138cm×50cm

松鷹

81cm×45cm

蕉蔭試啼

136cm×46cm

歸
138cm×45cm

春暖我先知
93cm×44cm

啾唱啼聲
138cm×45cm

竹下憩遊
137cm×39cm

爭妍

138cm×45cm

一啼天下白

136cm×46cm

春富貴

84cm×44cm

吉利高陞

136cm×40cm

絲瓜

137cm×40cm

蕉下對唱

137cm×46cm

好風吹夢客思家

138cm×48cm

掃峯樓

壁
北沙餘
存菴写於心羅高
此年七口有□

一江秋色無人問
121cm×46cm

相依相傍笑春風
92cm×47cm

亭亭引雀舞

104cm×51cm

墨荷　138cm×61cm

一樣大吉

137cm×46cm

四季豐吉
136cm×50cm

豐收年
135cm×47cm

獨占

136cm×44cm

桃溪吳蔣徐若菴家墨沒庭作壬申大春初開筆第二幅

蕉蔭下
136cm×46cm

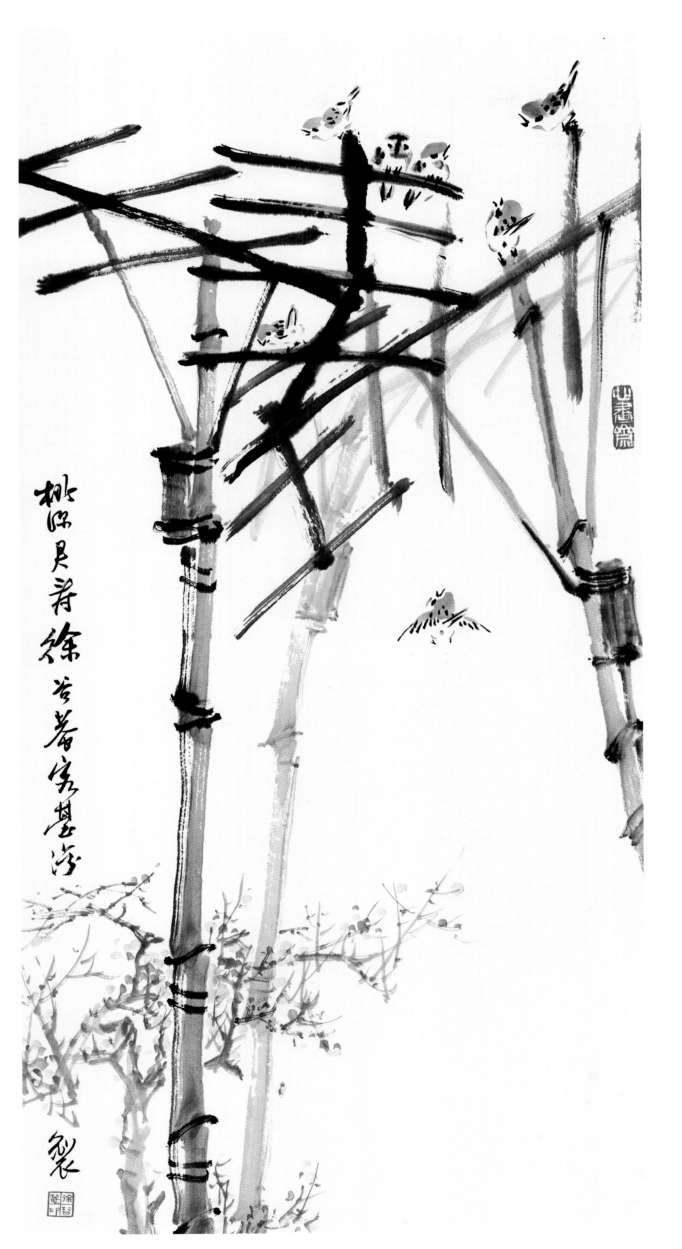

在家能知天下事
91cm×46cm

雨後
92cm×47cm

祝吉

136cm×42cm

深秋

138cm×45cm

殘荷醉雀
138cm×45cm

翩飛竹石間

92cm×47cm

故園秋風
136cm×39cm

瓜藤親子遊

137cm×40cm

燕舞

137cm×41cm

風雨後
108cm×57cm

富貴園中坐
137cm×44cm

枝頭春聲
90cm×52cm

荷趣
104cm×54cm

八哥黃菊　90cm×60cm

枯荷　90cm×61cm

濤園玫瑰
91cm×51cm

記洛陽

90cm×52cm

竹影搖風　74cm×50cm

桃園掃墓橡唐士徐谷菴唐右雅心菴□

春意透南枝
112cm×61cm

一塵不染　78cm×54cm

荷送清涼

103cm×54cm

樹密鳥群徐菊庵先生於必要畫畫

雄風　91cm×54cm

吉利平安

90cm×45cm

秋聲
90cm×40cm

桃汐吳莘 徐在春畫

雙雙對對
90cm×43cm

閒窗情趣　70cm×45cm

南窗蛙唱

90cm×46cm

清凉在我心

75cm×41cm

桃源無恙避人餘
苔磴草花甚醉陽

祝吉
89cm×50cm

薫風醉荷
72cm×34cm

蔭戲　　69cm×45cm

残荷

87cm×45cm

墨影含芳　139cm×56cm

壽者愛

76cm×44cm

悠 遊
90cm×49cm

水清蓮潔　73m×44cm

竹石怡情
91cm×47cm

四季祝吉　　69cm×43cm

枯荷美姿　69cm×48cm

金風起兮　69cm×45cm

屏東之多　　136cm×69cm

鳴春　74cm×46cm

桃溪真詩鏡
徐浩春詩七言
心畫高
己亥陽月
時華七十
[印]

小憩

89cm×46cm

新篁　61cm×54cm

親情
103cm×51cm

鳩柿　　69cm×42cm

柳搖雀動　55cm×50cm

我愛國花　137cm×56cm

我愛國花

桃源民幸
徐若菴
生於大
興梅園

雙燕迎春　82cm×51cm

相對紅　70cm×43cm

端午即景　63cm×46cm

石间觅香　64cm×43cm

銀藤　　55cm×40cm

課子圖
110×48cm

四季花卉

桃深良者徐苔菴寫臺澄寫
四季花奇於心畫扇

秋吉　75cm×46cm

雨後西窗　68cm×45cm

塘趣
102cm×39cm

掃落梅·桃源徐谷庵

房基涤室於心画室寫

祝壽圖　69cm×45cm

153

桃源良壽 徐若菴定於心養墨高

三友圖　77cm×45cm

臨風　77cm×45cm

春池家雀
83cm×46cm

繁花我最靓　83cm×46cm

事事如意　70cm×45cm

五道眉與家雀
102cm×50cm

雨後西窗
133cm×67cm

蕉聲唱

87cm×41cm

風竹　61cm×56cm

桃源徐登庵揮汗寫於三澤書屋

雙壽圖

94cm×46cm

夏之歌
138cm×51cm

立夏清明白石间一秋相劲雨催秧功
莫促织更无静一身芡难下竹山
宫山為
圍盦題

綠上窗紗
107cm×39cm

八哥梅石圖

94cm×46cm

棕櫚伴香　81cm×55cm

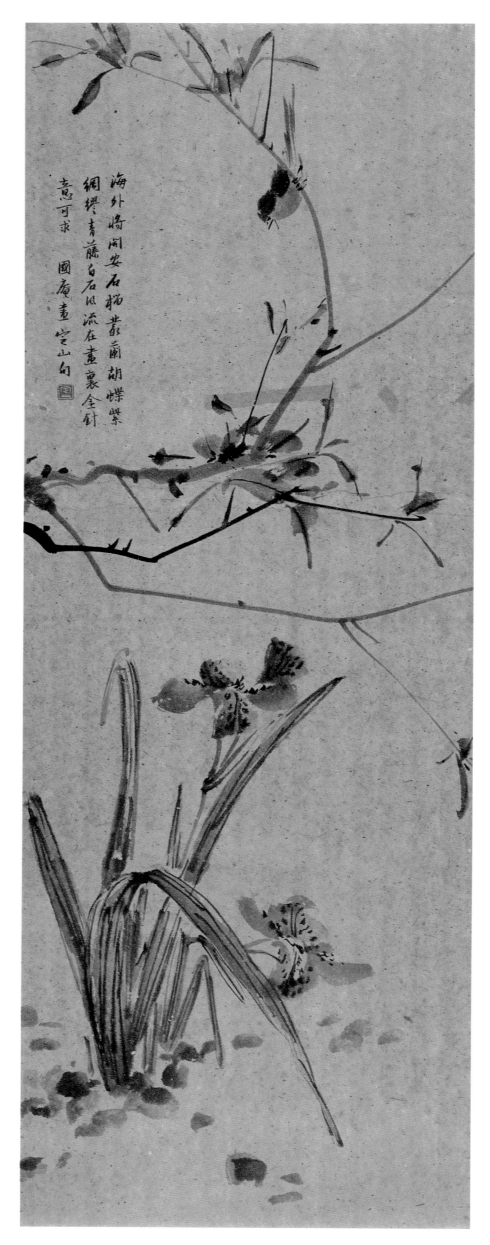

海外將開安石榴
業爾胡蝶紫
細擧青藤白石因流在畫裏金針
意可求
國庵畫雪山句

歲月
105cm×39cm

雙清
99cm×47cm

淡淡三月天　69cm×39cm

比翼　70cm×56cm

風動綠荷香滿溪　128cm×47cm

展姿　91cm×55cm

窗外
137cm×55cm

秋聲賦
103cm×53cm

秋塘

137cm×57cm

親情
137cm×40cm

忘憂
92cm×29cm

不因無人賞而不芳　　57cm×33cm

清香　56cm×34cm

墨芙蓉
65cm×34cm

待機
69cm×39cm

卿卿

113cm×34cm

八哥
100cm×34cm

雨後春色　　44cm×35cm

淤瀯翠蓋飛不過緑荷枝上立多時
雪山

綠若盦

荷枝小立
102cm×34cm

園外
100cm×34cm

扁豆花開

103cm×35cm

鳩占枝頭

100cm×34cm

三月洛陽　70cm×45cm

國家圖書館出版品預行編目資料

徐谷菴書畫作品輯／徐谷菴著. -- 桃園縣楊梅
鎮：心畫齋, 2007〔民96〕
　冊；　公分

ISBN 978-986-83078-0-3（全套：精裝）

1. 書畫 - 作品集

941.5　　　　　　　　　　　　96000378

徐谷菴書畫作品集

著　作　者：徐谷菴
發　行　人：宋孟璇
出　版　者：心畫齋同門聯誼會
地　　　址：桃園縣楊梅鎮光復北街31號
電　　　話：03-4759219
傳　　　真：03-4882519
e-mail：c91102530512@yahoo.com.tw
主　　　編：唐健風
執行編輯：徐于棠
助理編輯：梁月盈
中文編輯：侯金鳳
美術編輯：李莉萍　王齡慧
作品攝影：唐健風
印　　　刷：裕華彩藝股份有限公司
定　　　價：新臺幣5000元
劃撥帳號：5000-7690　　帳戶：宋孟璇

2007年3月出版

地址：台灣省桃園縣楊梅鎮三元街261號
電話：○三─四三一一二二三○三
傳真：○三─四八二一二三○二